Uma porta
para um quarto escuro

Antonio Cestaro

Uma porta
para um quarto escuro

Ilustrações de
Amanda Rodrigues Cestaro

TORÐSILHAS

Copyright © 2012 Antonio Cestaro
Copyright © 2012 Tordesilhas

Todos os direitos reservados. Nenhuma parte desta edição pode ser utilizada ou reproduzida – em qualquer meio ou forma, seja mecânico ou eletrônico –, nem apropriada ou estocada em sistema de banco de dados sem a expressa autorização da editora.

O texto deste livro foi fixado conforme o acordo ortográfico vigente no Brasil desde 1º de janeiro de 2009.

PRODUÇÃO EDITORIAL Tordesilhas
CAPA E PROJETO GRÁFICO Cesar Godoy
FOTO DE CAPA Shutterstock.com

1ª edição, 2012 (2 reimpressões)

Dados Internacionais de Catalogação na Publicação (CIP)
(Câmara Brasileira do Livro, SP, Brasil)

Cestaro, Antonio
    Uma porta para um quarto escuro / Antonio Cestaro. – São Paulo : Tordesilhas, 2012.

    ISBN 978-85-64406-42-1

    1. Crônicas brasileiras 2. Memórias I. Título.

12-08737	CDD-869.93

Índice para catálogo sistemático:
1. Crônicas : Literatura brasileira 869.93

2019
Tordesilhas é um selo da Alaúde Editorial Ltda.
Avenida Paulista, 1337, conjunto 11
01311-200 – São Paulo – SP
www.tordesilhaslivros.com.br

Sumário

Prefácio — Como crônica,
as chaves para a porta do tempo, 7

1. Sono de criança, 15
2. Aleluia, 17
3. Viagem no tempo, 18
4. Confusão, 21
5. Casa de lua, 23
6. O ditador, 25
7. Hora da partida, 27
8. O caminho de volta, 28
9. E quem voou no pensamento ficou, 31
10. Na 23 de maio, 34
11. Tecnologia de ponta na Anchieta, 37
12. A pressa, 42
13. Concerto, 44

14. Ecologia, 47

15. No trânsito da Consolação, 49

16. Sorriso, 51

17. Filosofia das cabras, 53

18. Gênero literário, 55

19. Palavras, 57

20. Terra ou fogo, 58

21. Ficção hospitalar, 61

22. O silêncio, 64

23. Árvore do regresso, 67

24. Floradas, 69

25. O sonhador, 71

26. Brecheret, 72

27. Fast filosofia, 75

28. Sonata ao luar, 77

29. Alma, 79

30. Uma porta para um quarto escuro, 83

Epílogo, 85
Sobre o autor, 87
Sobre a ilustradora, 87
Sobre a prefaciadora, 87

Como crônica, as chaves
para a porta do tempo

Uma porta para um quarto escuro é um bom título para este promissor conjunto de crônicas com que Antonio Cestaro inicia sua carreira literária. Músico, leitor e editor, ele tem se cercado de variadas formas de arte para engendrar a certeza de que a vida, para o artista, é sempre um problema a ser analisado. Daí, muitas vezes se escolhe fazer crônica em que o narrador/autor entrega ao leitor sua intimidade sem vaidade ou pudor.

Esta certeza o credencia a abrir, nesta obra, pesadas portas para arejar a si mesmo e a seu leitor. Os textos, produzidos em diferentes épocas — alguns engavetados, portanto —, tratam com vigor crescente da grande questão que nos aflige, mas nos amadurece: *o passar do tempo*. E nesse passar — pergunta-se Cestaro — *quem sou eu, aquele que escreve?* Não o infante, que não existe mais, pois já percebeu que os "papéis coloridos" que caíam do céu eram, na verdade, propaganda política; talvez seja somente o homem adulto, hoje crítico e, por isso, eficiente manipulador das próprias memórias.

Das primeiras crônicas — arranjadas aqui numa intuitiva cronologia —, em que as lembranças da meninice no interior surgem como sustentáculo vital do adulto na metrópole, o autor foi crescendo, literal, metafórica e estilisticamente, até despir-se das amparadoras memórias e centrar-se em reflexões do próprio fazer literário, já sob forma de problema: "Vida tranquila, bem resolvida, feliz, não dá boa história. Bons enredos são feitos com barro ruim, encaroçado, ressecado ou mole feito lama".

O interessante, nesse processo de abertura das portas para o mundo exterior, do ser adulto e cosmopolita, é o emprego amoroso dos laços familiares. Na crônica "Viagem no tempo", o pai é conduzido pelo filho às memórias da própria infância, cansados ambos da viagem à terra onde moravam. No texto, o pai referenda com sua voz um passado perdido que será mais uma das camadas nas memórias desse filho: "Na minha memória, a casa, o rio, a estrada, a embaúba viçosa e o menino das reminiscências do meu pai". A filha, que já não o acompanha porque cresceu ("Minha parceira de concertos era a Amanda, minha filha"), nutre as experiências paternas com os próprios desenhos, que acompanham estas crônicas.

Assim, entre extremos, a ancestralidade e a descendência se unem para amparo do cronista, que, afinal, pode se debruçar sobre a morte — como também fez Manuel Bandeira —, ponto de chegada do tempo que flui: "Na infância, tive porquinhos-da-índia e quando acontecia de um morrer, os quatro ou cinco que ficavam me ajudavam a tocar a vida. Depois cresci e entendi que a vida é muito mais preciosa do que eu pensava, ainda mais a curta vida de um porquinho-da-índia".

E há algo mais incisivo do que o tempo e a morte? Incansável e melancólico, Cestaro insiste no tema. Em "Hora da partida", o relógio não é mais simples metáfora, mas a grande metonímia do tempo: "Tem também poder o relógio, que ordena silencioso o que precisa ser feito [...]. Aí alguém mais poderoso que o relógio coloca as mãos nas suas cordas e sossega os seus ponteiros. O relógio respeita o momento da partida".

Crônicas como as de Antonio Cestaro também fazem rever a cultura letrada que tanto ecoa em nossa cabeça, seja memória ou que nome lhe derem. Referências e intertextualidades explícitas se ligam às implícitas, nas quais outros escritores e outros textos repercutem como recriação interessada. Lendo a crônica "Na 23 de Maio", em que a existência do cronista poderia talvez estar dentro do Fusca, como não lembrar de dor semelhante, a de Drummond, em "Cota zero"?

Pois das boas qualidades desta obra tão amena, mas firme, a maior é esta mesma:

a sinceridade com que o autor conquista a confiança do leitor. Autor confiável, narrador com chaves para muitas das nossas portas escuras, às vezes porões. Os meus, os seus e os de todos nós.

Márcia Lígia Guidin

Uma porta
para um quarto escuro

*Passei pela mesma calçada, deparei-me com
a mesma porta e calculei que há mais ou menos
cento e oitenta e cinco pares de sapatos
entrei por aquela porta e, lá dentro,
comecei a entender o que significa comprar
sapatos com o próprio suor.
Os sapatos da memória duram para sempre.*

1. Sono de criança

Na brisa úmida sob nuvens de chuvisco, a borboleta voa insegura e cola no vidro molhado da janela. Do lado de dentro, anjos do barroco assistem ao esfacelar das delicadas asas quando um pulsar de luz as toca suavemente e se funde com a claridade do dia. A criança adormece no berço com o tilintar da goteira que insiste em trazer do céu o milagre da vida, e o pai se prepara para o sol calcinante da lavoura e para as picadas de formigas sob a camisa molhada de suor.

2. Aleluia

O avião passava no azul do céu e soltava chumaços de papéis coloridos que se espalhavam feito mágica no vento. Eu corria com a meninada ansiosa para juntá-los e separá-los por tamanho e cor.

Com o tempo, a seriedade dos papéis ganhou força na minha vida, percebi que era propaganda política, e a chuva de papéis coloridos foi esmaecendo e aos poucos perdendo o encantamento.

O pequeno avião, o movimento das folhas em aleluia no céu e a inocência de criança foram o pacote de bondades da minha infância.

3. Viagem no tempo

Chegamos ao nosso destino com os primeiros raios do dia e nossas roupas amarrotadas como prova da longa viagem. Meu pai à frente, ansioso, resgatava o que ainda lhe restava de menino para nos contar sobre suas histórias, alegrias e amarguras que o tempo não dera conta de gastar. Falou sobre a ponte que já não havia mais, sobre a casa que estava viva na lembrança, sobre o rio outrora caudaloso e até sobre um pé de embaúba viçoso à beira do caminho. Montou sua história com tudo o que podia buscar nas lembranças.

Fomos embora com o mesmo sol, testemunha ocular dos tempos passados. Na minha memória, a casa, o rio, a estrada, a embaúba viçosa e o menino das reminiscências do meu pai.

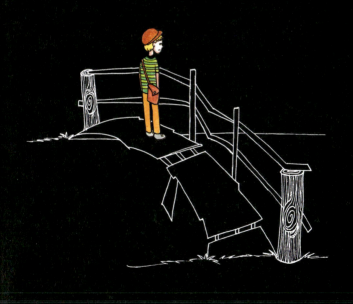

O professor dizia que as palavras têm gosto, cheiro e sentido justo, bem definido, e explicava que manga é uma palavra amarelo-rosada irresistível e que quando a gente olha pra ela dá vontade de morder, que saudade é uma palavra viajante que leva a pessoa para lugares distantes e que a palavra voar é aberta e fluida porque é uma espécie de companheira da palavra liberdade. Era divertido esse jogo de encontrar a alma das palavras porque há palavras que dão um rebuliço na cuca, ficam parecendo coisa que não são e embolam o sentido daquilo que poderiam ser para serem outra coisa, desaprumada, desengonçada, como movimento de dança de bêbado trôpego andando pelas avenidas movimentadas da cidade chuvosa numa bicicleta sem freio,

A palavra confusão é uma delas, de gente esquizofrênica que pensa que é normal e de pessoas normais que pensam que são muito loucas.

5. Casa de lua

Aconteceu de eu estar lá, recostado em tronco apodrecido de árvore, cabeça abaixada para entender vida de formiga, e o tropel se fez com poeira e força de vento. Subiu urubu, subiu biguá, e no revoado redondo de voltas tudo procedeu feito combinação de dança pra dar susto em coisa amigada de preguiça. Recostado no apodrecido tronco de cedro, ligeiro voltei vista para não perder ritual de formiga de costurar jeito e desmembrar perna de grilo. E foi festa que durou hora inteira, até nuvem pretejar alaranjado de céu e lua dar palpite de aparecimento em forma de boca de risada. Noite feita, perna formigando e cordão guardado em casa de buraco, urubu não pude mais ver, e se urubu voou para casa, casa de urubu é céu acima de nuvem e duvido que seja pois que quadro de santo nunca vi pintado com urubu fazendo pose em galho de nuvem. Andei pra casa a gosto de Goeldi, que fez gravuras e fama de urubu pra ficar em parede de dentro alumiado como jeito de estrela.

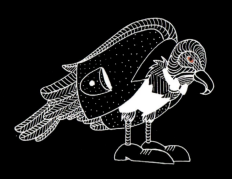

6. O ditador

Acordei no meio da noite, assustado, olhei preocupado para o relógio, eram três da madrugada. Uma sensação de conforto tomou conta do meu ser, ajeitei o travesseiro e daí pra frente me senti vingado até as seis, quando o grito do ditador reafirmou novamente o seu poder.

7. Hora da partida

O relógio tem todo o tempo do mundo, vai marcando pacientemente o caminho do sol do nascente ao poente e continua incansável vigiando a noite quando tudo adormece, entregue, fatigado pela labuta do dia. Tem também poder o relógio, que ordena silencioso o que precisa ser feito e o que pode ser deixado pra depois, o momento de chegar, o momento de nascer, o de viver e o de partir. Aí alguém mais poderoso que o relógio coloca as mãos nas suas cordas e sossega os seus ponteiros. O relógio respeita o momento da partida.

8. O caminho de volta

Quando for a Roma, faça como os romanos. Essa foi a dica que o Juvenal recebeu do seu "agente de viagem" na viagem que fez à Itália para "fazer o caminho de volta", como dizia nas rodas de amigos, quando o assunto era buscar alternativas de vida fora do Brasil. Era o tempo do ame-o ou deixe-o, e o Juvenal parecia estar mais para o lado do deixe-o. Juntou com o que conhecia previamente sobre a pátria do Leonardo da Vinci, que os italianos adoram macarronada com porpeta e que quem tem boca vai a Roma, além da música "Dio come te amo", fechou a mala e embarcou para a terra dos bisavós, de quem herdara o sonoro sobrenome Genaro.

Juvenal Genaro tinha orgulho de pronunciar o nome em alto e bom som sempre que fosse oportuno, tomando o cuidado de acrescentar um sotaque italianíssimo na pronúncia do sobrenome, abrindo bem as sílabas, entoando um quase canto napolitano para evidenciar suas origens.

Em Roma, antes de seguir para Nápoles, nas primeiras tentativas de encontrar a ponta do fio que o levaria ao berço de suas origens, teve algumas decepções que o levaram a concluir que encontrar os parentes distantes não seria algo tão fácil e talvez bem pouco prazeroso. Resolveu deixar a família de lado e cuidar de ganhar algum dinheiro para pagar as despesas e quem sabe a passagem de volta ao fim do tempo legal que ainda tinha para ficar no exterior.

Trabalhou pesado, serviços primários em cantinas, *pet shops* e, aos domingos, como gladiador na frente do Coliseu. Tinha porte de atleta o Juvenal, e não foi difícil convencê-lo de que era habilitado ao trabalho de gladiador, que entre outras coisas traria a oportunidade de ter algum contato com brasileiros turistas e amenizar as saudades do Brasil.

O tempo passou e Juvenal não conseguiu voltar ao Brasil quando queria, ficando na clandestinidade por mais de dois anos, tempo suficiente para conhecer a Pierina, com quem casou e teve dois filhos, legalizando a sua permanência na terra do papa.

No mês passado, o Juvenal voltou definitivamente ao Brasil com a Pierina e os filhos. Não aguentava mais de saudades do feijão, da caipirinha, da mandioca frita, da família, dos amigos e do jeito brasileiro de viver.

Agora o Juvenal está contente, tem planos de futuro, mora improvisadamente na casa da mãe, trabalha na oficina gráfica da família e passou para o lado do ame-o porque o deixe-o, segundo ele comenta com os amigos, pode te deixar numa fria.

9. E quem voou no pensamento ficou

Amigo é coisa pra se guardar debaixo de sete chaves, dentro do coração, assim falava a canção... que tocava na televisão e no rádio ao vivo durante a transmissão do funeral do presidente Tancredo Neves, cuja história foi acompanhada e ficou conhecida por todos os brasileiros interessados ou não em política naquela época.

O meu interesse daquela tarde estava mais para uma gata cinzenta, arisca, olhos âmbar, que havia escolhido o quintal da minha casa para parir um trio de gatinhos diferentes entre si. Olhei pra ninhada, gatinho malhado, gatinho preto, gatinho cinza, e saquei que aquela gata não era o que se podia considerar um exemplo de fidelidade. Achei graça na liberdade inocente que aquilo representava, simpatizei com a gata e com os filhotes.

Anos antes, meu pai, senhor absoluto da casa, mais ou menos como os gatos em seus domínios, travara uma batalha mortal com uns felinos da vizinhança obstinados em jantar alguns e colocar em liberdade outros dos vários passarinhos que ele engaiolava por prazer e admiração, pensando talvez inocentemente que os protegia.

A gata parida, desconhecendo o terreno inimigo que escolhera para o seu momento de maior fragilidade, se posicionou na mira do meu velho, que disparou: Não quero essa gata e essa ninhada no meu quintal! Pobre gata, o velho não aceitava argumentação e tinha a cor da vingança nos olhos pelas baixas das dúzias de passarinhos raros que perdera em batalhas com os bichanos nos anos passados.

Coloquei a gata e os gatinhos no porta-malas do Fusca e segui para a casa do meu amigo Robério ao som da voz do Milton Nascimento, que insistia também no rádio do carro. Paciência, pensei, *o que importa é ouvir a voz que vem do coração. Seja o que vier...*

O Robério já me esperava, avisado que estava que por volta das quatro eu estaria chegando com o saco de gatos.

Na hora que abri o porta-malas, espirrou gato para todo lado, assustados que estavam com o chacoalhar da viagem, ou por instinto, quem sabe. Dizem que gatos têm sexto sentido, sei lá...

Recuperamos os gatos depois de algumas horas de verdadeira caçada felina na vizinhança e do arrefecimento dos ânimos da gata mãe, que de miado em miado foi ajudando a arrebanhar os gatinhos. Tomamos umas cervejas e no final resolvi ficar com a Maitê, uma gatinha muito graciosa que me conquistou na sala do Robério entre uns goles e uns bolinhos de bacalhau que a Elvira, esposa do Robério, preparava com satisfação pra gente.

Passados muitos anos, encontrei um amigo em comum com o Robério, e, como tínhamos tempo de sobra, amarramos num papo saudosista, daqueles em que inevitavelmente relembramos das pessoas que passaram por nossa história.

Num certo momento, o Gustavo pergunta:
— E do Robério, você se lembra?
— É claro que me lembro, éramos muito amigos.
— Pois é, o cara era demais, não era? Você sabia que o Robério comia gatos?
— Como você disse!!!????

Qualquer dia, amigo, a gente vai se encontrar.

10. Na 23 de maio

Enquanto descia a 23 de Maio no Fusca financiado que comprara quase um ano antes, a cabeça queimava em ideias, se perdia em lembranças inúteis sobre o passado difícil e recalculava, de tempo em tempo, o montante das vinte e seis prestações que ainda havia para pagar. Na Praça da Bandeira, um cachorro de rua cruza, hesitante, à frente do carro e empaca no meio do caminho, encarando o para-choque de frente, olhos resignados de quem se acostumou com a fisionomia da morte. Piso no freio precário e rodopio na avenida, coração saltando pela boca ressecada de tensão. O trânsito faz movimento de cobra, um táxi desvia pela direita, passageiro praguejando pela cabeçada na coluna da porta e da calçada um xingamento gratuito, de quem não correu nenhum risco mas tem espírito participativo.

Passado o susto, as pernas ainda tremem quando acelero à frente, acertando o compasso da respiração. No retrovisor, o cachorro magrelo embaixo do mastro da bandeira do Brasil, as lembranças das dificuldades da vida e das vinte e seis prestações pendentes formam uma imagem desoladora. Uma brisa de alívio entra pela janela do carro e um ânimo novo brota pelo desastre evitado. Chego a elaborar que todo o meu problema existencial está no carro e concluo que está mesmo, afinal não sou eu a ocupar o Fusca, assim como minha alma ocupa o meu corpo?

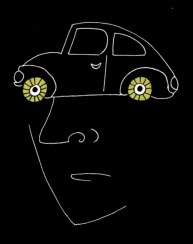

11. Tecnologia de ponta na Anchieta

Nada como um sonho para a gente experimentar a deliciosa sensação de que tudo é possível, na hora, do jeito e na cor que pensamos, no conforto do travesseiro, na privacidade do quarto e, pra quem é casado, como eu, na boa e inseparável companhia da mulher, pelas jornadas noturnas da vida. Havia chegado de uma viagem na semana anterior, as malas ainda fechadas na lavanderia, em oitavo lugar na lista de prioridades da semana. Um convite para uma nova viagem e aquela ideia automática na cabeça: juntar o útil ao agradável e não ter que refazer as malas, já que não as tinha desfeito. São raras essas felizes coincidências, e a gente não deve deixar de aproveitá-las de alguma forma.

No Fusca vermelho 1972, o primeiro carro da minha juventude, nós, as malas da viagem anterior e a preocupação clássica com o clima, que anda pregando as maiores peças nesses tempos de aquecimento global.

Na via Anchieta, que poderia bem ser a Imigrantes, tanto faz, já que tudo leva ao mar, lembrei que talvez não tivesse cuecas na mala. É o preço que se paga quando se pretende unir o útil ao agradável. Estando dentro de um Fusca era simples, as malas logo ali no banco traseiro e não foi demorado conferir que realmente não havia uma cueca sequer no meio da roupa.

— Se você quiser, pode usar as minhas calcinhas.

— Vamos ver, meu bem, não é a pior ideia que já ouvi na vida.

Não comentei, mas pensei que calcinhas não seriam lá tão anatômicas, e se eu pudesse evitar essa ocorrência na minha biografia, não seria nada mal. Parei o Fusca na frente da loja. Loja de cuecas na Imigrantes. Se não foi na Imigrantes, foi na Anchieta, agora não sei ao certo. Chovia fino, com aquela neblina que te deixa meio perdido sem nenhuma orientação espacial. Do outro lado do balcão, um gordo sentado numa banqueta de madeira, um tipo! Parecia ter saltado diretamente de um *cartoon* do Angeli, só para atender minha necessidade exclusiva de cuecas.

Cinco peças foram colocadas sobre o balcão sem que o *cartoon*, ou seja, o cara criado pelo Angeli, tivesse tirado a bunda da banqueta de madeira. Mãos grossas, mangas até a dobra do braço proporcionalmente gordo alcançavam qualquer modelo de cueca, to das as cores, padrões, origens, tamanhos, preços que a exclusiva loja do gênero possuía, coisa de fazer inveja a qualquer entendido de logística, ou de Kanban, para quem viveu nos anos 1990.

— Qual é o preço desta? — Uma cueca azul clara, bem cortada, tecido acetinado e aparentemente confortável, que é o que importa numa cueca.

— Mil seiscentos e cinquenta dólares — ele balbuciou desinteressadamente.

— E desta outra? — Uma cueca preta, bacana, fino detalhe bordado na lateral. Quem liga pra bordado em cuecas, eu pensava.

— Quatrocentos e trinta dólares. — Quase não ouvi, porque o personagem quase não falou. Aquilo já estava me constrangendo.

— E esta aqui? — Apalpei a cueca cor gelo de algodão macio, sem nenhum detalhe.

— Cento e vinte e oito dólares.

Saco! O cara só tem cuecas francesas, italianas e essa última da Pomerânia, conforme o resmungado rouco que eu havia escutado.

— Você não tem cuecas brasileiras? — O cara desenhado pelo Angeli nem se deu ao trabalho de responder. Filho da puta, pensa que cueca é a coisa mais importante do mundo!

— Vamos indo, Meire — eu disse, já dando claros sinais de irritação.

Lá fora, aquele capô vermelho lustrado, parado na frente da loja de cuecas, me dá um certo alívio, coisa que só quem teve a oportunidade de ter um Fusca 1972 vermelho pode sentir, pensei comigo. Já dentro do carro, a partida no motor e aquela rezinha básica, comum quando a gente para na frente de uma loja dessas, de cuecas. E não é que o Fusca atola, próximo a um arbusto florido de azaleias brancas bem aparado, no gramado encharcado!? Acelera pra frente, mais uma forçadinha pra trás, aquele famoso balanço que só quem teve Fusca atolado pode saber o que é, e nada.

— Acho que o vendedor de cuecas jogou uma praga na gente — comento com a Meire, que não podia fazer nada pra ajudar naquela hora. Aprendi algumas coisas sobre a natureza feminina e sabia com certeza que mulher e carro atolado são duas coisas que nunca deveriam ter a inconveniência de se encontrar na vida.

Lembrei dos preços das cuecas e, com o pé na lama, fiquei duplamente contrariado. Sapato sujo de lama é uma coisa que jamais consegui administrar direito, e, quando seriamente contrariado em sonhos, concentro, faço queixo duro, até surgir uma saída para amenizar o embaraço da situação. Não hesitei. Coloquei o braço pra dentro do carro pela janela aberta, girei a chave em sentido anti-horário e buum! O carro começou a diminuir de tamanho, foi ficando menor, menor... E acabou do tamanho de uma caixa de sapatos. Peguei o carro nas mãos, coloquei-o na posição de partida, segurei a chave, girei-a no sentido oposto e buum! O carro foi aos poucos revertendo o tamanho até chegar às dimensões normais de um Fusca 1972.

Entramos novamente no Fusca. Acionei a partida e seguimos rumo à praia. Ao volante, satisfeito, pensava na coisa mais lógica do mundo: se o cara pode cobrar mil seiscentos e cinquenta dólares por uma cueca, por que eu não posso ter um carro com toda essa tecnologia, mesmo sendo ele um Fusca vermelho 1972?

12. A pressa

Desci do metrô com a pressa afinada à da multidão, caso contrário acabaria sendo empurrado para fora de qualquer forma. Na verdade, a pressa não era minha e tratei logo que pude de retardar um pouco as passadas que me levavam de volta para casa. No bolso do casaco, Napoleão já dava sinais de impaciência e eu não suportava ver o Napoleão inquieto.

Ao final da plataforma, pouco antes da entrada da escada rolante, um cesto de lixo exibia, imponente, um generoso ramalhete de flores, cuidadosamente arranjado, com laço de fitas, cartão no envelope, embrulho bem cuidado. Parei na frente do cesto e fiquei a imaginar a história que teria levado alguém a colocar aquela representação perfeita de afeto em lugar tão inadequado. Dei uma espiada no cartão, que dizia: *"Para você, que alimenta os meus dias com o fruto do amor, o meu abraço eterno".* Fiquei ansioso, confuso, um misto de pena, intromissão e sei lá o que mais...

Peguei por fim o arranjo, tirei o Napoleão do bolso para ver a reação dele, que aprovou de imediato, dando uma dentada no suculento talo de uma flor cujo nome eu não sei e duvido muito que ele saiba.

Guardei o cartão na minha caixa de reminiscências. Penso às vezes em usar a mesma dedicatória, não tenho coragem. O ramalhete foi o jantar do Napoleão naquela noite de sábado.

13. Concerto

Fomos a um concerto no Municipal; no programa, obras de Schubert, num duo de piano e violino. Napoleão não paga, então, toda vez que há um concerto de Schubert com piano e violino, levo o Napoleão, que adora Schubert e é uma ótima companhia para esse tipo de programa.

Há pouco mais de dois anos, minha parceira de concertos era a Amanda, minha filha. Depois ela foi estudar na universidade e com isso veio um namorado que ocupa todo o tempo que ela tinha pra concertos e para cuidar do Napoleão. Acho que ela foi ficando mais madura e eu mais infantil, e acabei adotando o Napoleão, que pelas minhas contas ainda tem dois ou três anos de vida. Vai ser difícil, mas o que fazer, porquinhos-da-índia não vivem mais que oito ou nove anos, e eu vou ter que aceitar.

Na infância, tive porquinhos-da-índia e quando acontecia de um morrer, os quatro ou cinco que ficavam me ajudavam a tocar a vida. Depois cresci e entendi que a vida é muito mais preciosa do que eu pensava, ainda mais a curta vida de um porquinho-da-índia. Só tem um porquinho-da-índia que é imortal: o porquinho-da-índia do Manuel Bandeira.

14. Ecologia

Nos anos 1970, quando a palavra ecologia ainda não tinha a popularidade de hoje, o progresso era representado por chaminés e tufos de fumaça negra fazendo caracóis no céu, e os meninos saíam de casa com estilingues especialmente para caçar passarinhos. Os mais vistosos, como o sabiá-laranjeira, a araponga e o nosso bem brasileiro canário-da-terra, eram presas fáceis por se destacarem com seus cantos e plumagens de cores marcantes. Os adultos faziam diferente, capturando-os vivos para enfeitar gaiolas e produzir, com sua triste sina, uma alegria lamentável. Sabemos que a consciência ecológica que dava aos publicitários da época a condição de criar livremente uma propaganda de xampu com uma loira de cabelos esvoaçantes correndo na praia, tendo ao fundo milhares de frascos plásticos do produto sendo acariciados pelas ondas na areia, ainda não mudou por completo, é um processo de longo prazo, e nas terras brasileiras pode-se considerar que o início se deu na época do segundo reinado, quando o imperador Pedro II, preocupado com o abastecimento de água na capital do império, ordenou que a floresta da Tijuca fosse reflorestada, resgatada do desmatamento que dera lugar a fazendas produtivas de café, que era o motor da economia da época.

Hoje, com a ideia da ecologia na moda, a sociedade quer os seus pássaros de volta, quer árvores e água boa de beber, quer se reconciliar com a natureza e espera que a democracia também possa produzir novos Pedros II para resgatar o rio Tietê, a baía de Guanabara, os manguezais, o papagaio-de-cara-roxa, a mata Atlântica e até o socó-criminoso.

15. No trânsito da Consolação

Penso repetidas vezes em comprar um cavalo, o computador tirou o tempo que havia para andar a cavalo, ficou a vontade martelando na cabeça e as costas começando a doer no banco anatômico do carro quase parado na Marginal.

Penso novamente em comprar o cavalo, o celular tirou o tempo que havia para alimentar o cavalo, ficou o cheiro de óleo diesel queimado entrando pelas narinas e a má circulação nas pernas incomodando na faixa direita quase parada da Rebouças.

O cavalo não sai da memória, a TV tirou o tempo que havia para cuidar da saúde do cavalo, ficaram as buzinas insuportáveis dos impacientes motoristas e o estômago roendo de fome nos intermináveis semáforos na descida da Consolação.

Lembro por fim do cavalo, o cérebro fritando na baixada do Glicério, uma batida metálica na janela do carro e a arma apontada diretamente para a cabeça. Um assalto, o relógio e a carteira perdidos e o coração saltando pela boca no mau cheiro infernal da Avenida do Estado.

Esqueço do cavalo, esqueço de todos os sonhos por um momento. Nem sei mais o que dizer ao psicanalista quando chegar atrasado na consulta.

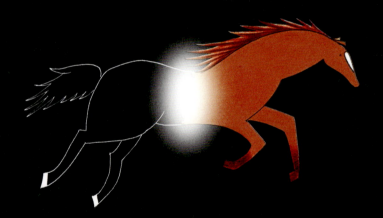

16. Sorriso

Sempre que olhava no espelho ficava incomodada com o traço convexo da boca que lhe dava um ar de tristeza, melancolia.

Havia entrado há tempo num esquema para elevar a autoestima, sentir-se valorizada e mostrar-se feliz para o mundo. Cabelo bem-cuidado, roupas escolhidas com esmero e malhação na academia pelo menos duas vezes por semana já haviam se tornado um hábito.

Pouco mais de dois anos de psicanálise também haviam mudado sua percepção e interação com o mundo. Sentia-se, afinal, incluída, uma sensação que não tinha antes de decidir que podia ser feliz.

As coisas só se complicavam quando tinha que encarar o espelho, e do espelho não podia abrir mão para manter a parte física do seu plano de ser feliz.

O tempo passava e o traço da boca não respondia.

Começou a forçar sorrisos para o espelho. No momento que sorria a coisa melhorava, mas azedava de novo no finalzinho do sorriso. Uma coisa irritante!

A felicidade realmente não podia ser completa daquela maneira.

Marcou uma consulta com o cirurgião plástico. Estava decidida. Não podia deixar que uma herança genética física fosse um obstáculo à plenitude da sua felicidade.

17. Filosofia das cabras

Numa viagem ao interior, no Nordeste do Brasil, tive o privilégio de encontrar o Aníbal, com o "livro das cabras" na mão e uma ideia na cabeça: "Escrever e pastorear cabras é tudo a mesma coisa. É amparar os pensamentos que querem saltar fora da cabeça. Coisas que estão desorganizadas na mente. É uma forma de juntar ideias, cercar raciocínios. Quem já cercou cabras acho que pode cercar ideias. Na prática é quase a mesma coisa. Escrever então passa a ser simplesmente reunir a cabrada. Dá uma sensação de serviço feito, não é nada mais que isso. As ideias brotam na cabeça da gente meio espalhadas. Ficam lá, naquela manada de palavras pensadas. Escrever então é uma forma de cuidar delas.

Para não pensá-las como letras perdidas,
feito areia assoprada pelo vento."
  Fiquei calado.

18. Gênero literário

Andava apressado nas terças-feiras porque nas terças-feiras fazia hemodiálise e, logo em seguida, aula de volante. Ligado à máquina, para passar o tempo comparava o fluxo das artérias com as ruas da cidade. As grandes avenidas às artérias principais, as veias médias às alamedas e os vasinhos aos becos e ruas sem saída. Sempre que pensava no coração, gastava bom tempo identificando o coração de cada cidade que conhecia, do Rio a Cinelândia, de Curitiba a Rua das Flores, de Manaus a praça do teatro, e viajava mais longe, de Lisboa o Largo do Chiado, de Berlim o Tiergarten, de Tegucigalpa a Plaza Morazán. Outras vezes lia, livros leves para não cansar os braços. Nas primeiras sessões, ainda não sabia bem como a coisa funcionava e achou que podia ler *Guerra e paz*, vieram as cãibras e a dor tirou a graça da leitura. Numa outra, abriu *A peste*, do Camus, e não deu outra, acabou com náuseas. Foi aos poucos adaptando o gênero literário à condição do tratamento e no final acabou se apaixonando pela poesia. Começou também a escrever alguns versos, e o tempo deu conta de amarelar aquela papelada de manuscritos guardados. A hemodiálise continua e o poeta hoje se dedica a digitalizar e organizar todos os seus escritos que ainda não foram publicados. No ano passado o poeta entrou para o time de imortais da Academia Brasileira de Letras e parece que agora os rins não podem mais matá-lo.

19. Palavras

Apreciar o efeito das rimas e se aborrecer com brigas de galos ajudou Manezinho a se tornar poeta. Primeiro não sabia da vocação, ficou doente e veio a descoberta. Aí a poesia fez brotar do sangue, do lápis e do papel uma quantidade enorme de palavras simples, que, soltas ou organizadas no dicionário, não dizem nada da tristeza e contrariedade de ver um galo de briga sangrando. Com o tempo veio a caneta e Manezinho mensurou que podem caber muitas palavras numa caneta, boas e más, sem contar os palíndromos. Então o jeito de fazer poesia foi mudando do lápis, papel e caneta para o teclado. Só as palavras não mudaram, ainda são aquelas mesmas do tempo de criança, porque as mãos do poeta atrofiam com o tempo, mas a poesia não envelhece nunca.

20. Terra ou fogo

Fiquei abalado com a morte do meu amigo Walter Caiubi, vítima de infarte fulminante aos 46. Na hora em que a terra começou a cobrir o caixão de madeira entalhada e finamente adornado com acessórios dourados, lembrei de uma história que ele havia me contado havia alguns anos, quando trabalhava no jornal *O Estado de S. Paulo*:

Saí do Jornal às seis horas da manhã. Era domingo e estava apenas amanhecendo, o trânsito bem tranquilo.

Do carro ao lado, uma senhora acenou. O pessoal vinha do Mato Grosso do Sul.

— Onde fica o Crematório da Vila Alpina?

— Vou passar no portão. Se quiser, pode me seguir.

No trajeto eu guiava compadecido com o sofrimento dos ocupantes daquele carro.

O que teria acontecido? Qual teria sido a causa da morte?

Enfim quando chegamos em frente ao crematório, parei o carro, desci num gesto de cavalheirismo, fui até eles e comuniquei com um certo ar de respeito:

— O crematório fica atrás deste portão.

A senhora sorriu gentilmente e com uma voz doce e tranquila agradeceu:

— Muito obrigada! Minha irmã mora na segunda rua à direita.

21. Ficção hospitalar

Na sala de espera do hospital, o número de pessoas superava em muito o número de cadeiras, os doentes e acompanhantes já demonstravam evidentes sinais de impaciência e isso não era conveniente na sua condição de pacientes. A ideia é que o doente seja sempre o mais paciente possível, afinal as pessoas têm a vida inteira enquanto uma doença qualquer não as leva ao encontro da morte.

Saindo do longo e característico corredor que dava entrada à sala de espera, uma apressada senhora de uniforme branco e trejeitos de quem tem total autoridade no que faz repentinamente passa com uma caixa de isopor branca, tampa azul de tamanho razoavelmente grande em proporção à sua estatura.

— Mamãe, me compra um sorvete? — resmunga uma menina de olhos negros salientes no rostinho magro, sentada entre as pernas da mãe.

— Que sorvete, filha? Ainda mais com essa garganta inflamada!?!

— Ah, mãe, só hoje, vai?

— Filha, já te falei que eu não trouxe dinheiro — retrucou a descabelada mulher, com uma boa pitada de irritação.

A criança, que na inocência dos seus cinco ou seis anos não entendia o que se passava, abre um choro pirracento, e a mãe, que por sua vez desconhecia a suposta sorveteira da percepção da filha, perde em doses ligeiras o pouco da paciência que a vida provavelmente difícil ainda conseguia lhe preservar.

Um médico abre a porta de uma das salas de consulta, fichas em mãos, e com voz firme convida o próximo paciente, uma senhorazinha que possivelmente já experimentara o seu derradeiro janeiro, que com esforço e provavelmente alguma dor, talvez muita, levanta da cadeira ao lado daquela mãe sem nenhum dinheiro e pouco entendimento das almas infantis.

— Pxxxxiu, já falei que não tenho dinheiro! E mesmo que tivesse. Onde já se viu, sorvete?!... Não tá vendo que aqui não é lugar de sorvete?

— Minha senhora, a garota se enganou — intervém num resmungo rouco um cavalheiro de camisa listrada e traqueostomia que observava a cena desde o início, vendo graça na situação e achando que era oportuno esclarecer os contornos do engano da cena.

— Se enganou o quê!? Essa bichinha passa o tempo inteiro pedindo coisa: é pipoca, sorvete; é chocolate, refrigerante e tudo o que não presta. Não tem dinheiro que chegue!

A essa altura, a menina já esquecera o sorvete, surpresa que estava por ver passar de uma porta a outra uma dupla de palhaços, ou, melhor dizendo, um casal de palhaços, já que na dupla Mário era o palhaço e à Fernanda cabia um contraponto feminino e uma animação musical nas apresentações que faziam às crianças na ala oncológica do hospital.

Os olhinhos negros da menina brilham mais uma vez, mas essa emoção tem que ser também adiada; a hora do seu exame havia chegado e Mário e Fernanda ainda tinham três anjos que os aguardavam impacientes.

22. O silêncio

Havia um garoto na turma que passava horas seguidas sozinho no arvoredo próximo do casario da cidade onde nasci. Era tranquilo e tinha um sorriso diferente o Albino. Eu dizia a ele que Albino era nome de cavalo, porque meu avô tinha uma égua branca de olhos azuis e a chamava de Albina. Se pudesse reencontrá-lo, pediria perdão por tê-lo magoado tantas vezes com aquela maldade juvenil. Sabia inconscientemente que o Albino tinha algo de especial, embora não suspeitasse o que poderia ser.

— Albino, o que tem de tão bom no bosque?

— Eu estou aprendendo a linguagem das árvores.

— Albino, você está louco? Árvores não falam.

O menino não se abalava e raramente respondia algo como "Faço também minhas lições na sombra das árvores", mas a sua serenidade era daquelas que não atiçavam a garotada da rua, e não demorava aquilo tudo acabava em pula-sela, alturinha e, quando o tempo ventava, pipas. Anos mais tarde, veio a televisão, um bicho-papão-de--tempo ainda mais poderoso que o relógio, que passa a nossa vida comendo as horas. Foi mais ou menos quando o Albino ficou de cama, febril, e nunca mais veio partici-

par das brincadeiras da rua. O Albino foi a primeira morte da minha vida, e, sem entender sobre vida e morte, eu achava que era culpa da TV. O Albino foi aprimorar a linguagem das árvores e eu fui ocupar o seu lugar de iniciante no arvoredo. Só com o tempo descobri que a linguagem das árvores é a linguagem do silêncio.

23. Árvore do regresso

Uma árvore plantada na nossa memória é normalmente uma árvore diferente. Algumas vezes mais alta, mais frondosa, mais verde, ou pode ser também o oposto, seca, sem folhas, mirrada e melancólica, quebradiça.

Há uma árvore que não sai das minhas divagações frequentes. Se o tempo dá sinal de chuva, vem à lembrança a árvore, um pássaro que voa no crepúsculo, lembro da árvore, uma contrariedade, a árvore, um barulho, a árvore, silêncio, árvore.

É uma árvore especial, feita de algo que não é madeira, não serve para móveis, para cabo de enxada ou assoalho de sala. É de algo que não é matéria e está fora de risco, protegida, não pode ser cortada, nem da minha memória nem do meu destino. Na verdade preciso plantar outras árvores como essa do meu passado, do meu presente e também do meu futuro, de todo o tempo enquanto eu viver e depois que eu não viver mais. É uma árvore para quando eu precisar voltar para casa.

Na copa dessa árvore, há um ninho com filhotes, e pássaros são outros seres, que flutuam e se alimentam da mesma seiva imaterial dessa que é uma mãe árvore e será para sempre.

Há também um cavalo que me faz companhia nas minhas lembranças.

24. Floradas

Pendurou na janela um olhar esperançoso e fez coisas que gente viva continua fazendo pra espantar a fome e enganar o tempo de espera. Plantou semente de sucupira pra ter companhia eterna e medir virada de outono, chegada de primavera e o encantamento da natureza. Na primeira florada se enamorou de Lucinda, na terceira, resmungado de filhos já misturava silêncio com piado de surucuá e berro de cabrito. E o leite foi farto pra compensar a calosidade das mãos, os domingos sem missa e a velhice da mula aposentada no pasto. Na quadragésima sexta florada virou olhos pra janela, recolheu desejos do passado e cedeu ao impulso da aragem para subir pela primeira vez na copa da sucupira. E achou que era um sonho.

25. O sonhador

O filhote caiu da copa da árvore mais alta e frondosa de toda a floresta. Veio ao chão no ensaio do primeiro voo e a plumagem ainda não lhe cobria todo o corpo. O sonhador recolheu o filhote nas mãos e levantou os braços numa oferenda à mãe pássaro, que saltitava em voos curtos e agitados no alto da poderosa árvore. Seus pés se descolaram do chão e flutuaram impulsionados para o alto. Acomodou o filhote no ninho e foi nesse momento que despertou para as coisas da natureza e para a natureza das coisas.

O cara levantou o copo, fez de olhos fechados seus pedidos secretos ao universo, abriu os braços e um sorriso triunfante sobre a canoa puxada pelos mamelucos e indígenas de pedra talhada pelos cinzéis do Brecheret. Comemorava ao certo algo particular, era janeiro e o povo já estava farto de festas e comemorações. Perguntei se ele sabia onde ficava o Brecheret e ele disse que não conhecia a cidade, fiquei aliviado e segui o meu caminho pensando que há uma ordem de grandeza para tudo na vida. Tem gente que sobe no Brecheret para fotos, tem gente que fuma sobre o Brecheret, outros se reúnem e contam piadas sobre o Brecheret e, conforme a hora e o movimento, tem gente que faz xixi no Brecheret. Um pouco mais raro é um estudante fazer um trabalho sobre o Brecheret,

mas há casos isolados de gente que fez dissertação de mestrado sobre esse nosso Brecheret que é uma verdadeira fortaleza artística e confunde, para o desgosto de alguns e a alegria de outros, sua finalidade e valor. Uma boa parte das pessoas que passam por ali, no entanto, fica em estado contemplativo e se nutre do vigor artístico da escultura, observando detalhes nos ângulos diversos da grandiosa obra de arte esculpida como um presente para resistir ao tempo e à acidez do cocô de passarinho.

27. Fast filosofia

Velocidade é evolução de bichos, sabe? A gazela aprimora a técnica da observação, da audição, da corrida e das escapadas nos momentos em que a vida está mais na destreza das pernas do que no coração pulsante. Um passo atrás está o leopardo e um à frente a sabedoria da natureza equilibrando a fome do leopardo com a vontade de viver da gazela.

Com a gente não tem sido diferente, embarcamos no último século numa busca desenfreada de velocidade e o resultado é que a vida está passando muito rápido. O tempo, como o tempo voa!

No passado um ano era mais ou menos dois anos e meio. Num dia cabia muito mais história, e o primeiro de janeiro era um acontecimento que tinha o poder de abrir um novo capítulo na nossa biografia. Isso é tudo passado, hoje as coisas que mais importam é quantos *megabytes* tem o seu processador, se você tem ou não banda larga e quanto tempo você leva para responder a uma mensagem de celular. No trânsito, paradoxalmente, gastamos uma parte importante da nossa vida completamente parados, num carro que pode atingir velocidade de duzentos quilômetros por hora.

Toda vez que penso nisso lembro do Policarpo, um frango que teve a oportunidade de virar galo porque era feio e franzino. Não que o seu destino tivesse sido pensado diferente dos outros, é que enquanto pinto teve o azar, ou sorte, julguem vocês, de ter sido pisoteado por um peru irado que compartilhava o galinheiro, ficando manco de uma perna até se tornar aquele galo que inspirava mais dó do que apetite. A avó lembrava sempre: "Não se apeguem aos bichos porque depois vocês terão que comê-los". Talvez por tudo isso, o Policarpo teve o privilégio de ganhar um nome e foi o único galináceo que permaneceu praticamente imortal nas minhas recordações. O seu fim minha autoproteção infantil apagou para sempre.

28. Sonata ao luar

Quando abri os olhos, ao fundo distante um piano acariciava os ouvidos acordados da vizinhança com melodia importada do céu. Apanhei o lápis e o moleskine na cabeceira e fiquei um quarto de hora procurando boas palavras para definir a *Sonata ao luar*. Adormeci antes de entender que um léxico completo não é suficiente para revelar a emoção do músico no momento da composição. Ao acordar novamente, uma dor de cabeça dilacerava o meu cérebro, apaguei, a ambulância foi chamada e o diagnóstico que ouvi na UTI foi o de AVC isquêmico no lobo frontal esquerdo. Se tivesse morrido talvez ainda não tivesse percebido, e as sequelas, quem sabe se são mesmo piores que a morte? Suspeito que nunca tenha havido *Sonata ao luar* naquela madrugada porque aquela melodia era vida na acepção plena da palavra ou só poderia ser morte. Para mim foram as duas coisas em medidas diferentes. Acho que estou superando o medo da morte, meu filho, e começo a desconfiar que ela tem a tez rosada.

29. Alma

Picado de cascavel aos nove, aos doze atropelado por um Ford Bigode, aos vinte e três sobrevivente da queda de um monomotor, safenado pela segunda vez aos sessenta e dois, sobreviveu ainda a um câncer no esôfago que o deixou quase sem voz e mais recentemente, nessa última investida, a morte o poupou mais uma vez com esse AVC que o deixou confuso e semi-imobilizado por uns bons meses. Envelhecer, amigo, pode não ser compulsório, mas é uma decisão que cabe a ninguém além de Deus e do destino.

— Quando deixar esta cama, irei para o deserto do Atacama, preciso me concentrar em conhecer melhor o céu porque sinto o peso da gravidade a cada dia mais leve e com o tempo que tenho imagino que as lentes do Alma podem ser de grande ajuda.

No inverno passado voou para a Nova Zelândia para fugir do frio úmido da cidade de São Paulo. A cada ano no inverno sente mais frio, acha que está com pouco sangue, mas nesse junho não tem do que reclamar, ficou praticamente todo o mês no aconchego das cobertas, na cama macia, com a canja quentinha do hospital.

— Nestes dias estou me sentindo bem melhor, a tremedeira passou e o meu peso saltou de quarenta e seis para quarenta e oito quilos. Eu estou de parabéns, é o que diz o médico que me acompanha desde os oitenta e quatro quilos e garante que vou recuperar a saúde e ainda fazer o sonhado safári na Namíbia. A única coisa que não vai bem é a memória, e o dr. Juarez já adiantou que a causa é o AVC e o excesso de medicamentos e que provavelmente só com o tempo ela poderá, quem sabe, voltar à condição normal.

— Os ursos polares habitam o polo norte e não ocorrem no polo sul, onde vive o pinguim-imperador. A Antártica fica no polo sul e é também uma marca de cerveja no Brasil.

Os exercícios de memória são parte importante do tratamento, e quando o paciente ajuda, a evolução é rápida e satisfatória, foi a recomendação do neurologista.

— Vamos continuar, meu pai.

— Qual é mesmo o nome do telescópio instalado no deserto do Atacama? Me dá um momento que já vou lembrar...

— Pense no peso da gravidade, pai.

— Ah, agora lembrei, filho, o nome é Alma.

— Muito bom, pai! E qual é mesmo o seu peso atual?
— Oitenta e quatro quilos.
— Não pai, é o inverso.
— Quarenta e oito quilos.
— Acertou. Veja se lembra onde você gostaria de fazer aquele sonhado safári.
— Desisto, podemos tentar aquele passeio na neve?

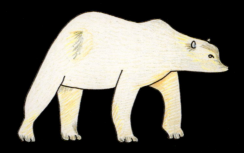

30. Uma porta para um quarto escuro

Vida tranquila, bem resolvida, feliz, não dá boa história. Bons enredos são feito com barro ruim, encaroçado, ressecado ou mole feito lama, quase sempre fétido, que fica guardado em quarto escuro, mofado assombrado por fantasmas particulares. É um tipo de estoque, que guarda no abafado também demônios, que por vezes escapam para o mundo, por gestações que os tornam toleráveis e não raro heróis. Podem também ganhar traços graciosos, humanos, e assim disfarçar as suas origens; afinal de contas são como doentes carentes de atenção e tratamento. De difícil acesso, esses depósitos de perturbações estão no subsolo com chave em poder da melancolia, que é um tipo de tristeza fértil, produtiva, transformadora

Instigante imaginar o porão de gente como Graciliano Ramos, Dostoiévski, Hilda Hilst e também Villa-Lobos, Goya, Aleijadinho. É sempre bom pensar que o nosso Luiz Gonzaga, em noites de inspiração, descia com a sanfona, dava um sorriso largo, abria o fole e distribuía estrelas de brilho duradouro.

Epílogo

Os textos que aqui apresento foram escritos em períodos e situações diversas. Não foram pensados para se tornarem livro e refletem a necessidade de dar expressão às ideias acumuladas na memória e o extravazamento por palavras muitas vezes insuficientes. São, portanto, antes de serem livro, despojos das limpezas periódicas no quarto escuro da minha história.

Sobre o autor

Antonio Cestaro nasceu em 1965, é músico e empresário do setor editorial. *Uma porta para um quarto escuro* é seu primeiro livro publicado.

Sobre a ilustradora

Amanda Rodrigues Cestaro nasceu em 1994 e estuda *design* na Escola Superior de Propaganda e Marketing (ESPM). Este é seu primeiro trabalho como ilustradora.

Sobre a prefaciadora

Márcia Lígia Guidin é mestre e doutora em Letras pela Universidade de São Paulo (USP). Membro da Academia Paulista de Educação e da Comissão Organizadora do Prêmio Jabuti, é também ensaísta e professora titular aposentada de literatura brasileira.

Este livro, composto com tipografia Calisto MT
e diagramado pela Alaúde Editorial Limitada, foi
impresso em papel Eurobulk cento e trinta e cinco
gramas pela Ipsis Gráfica e Editora S/A
no trigésimo terceiro ano da publicação de
Música para camaleões, de Truman Capote.
São Paulo, janeiro de dois mil e catorze.